ひとりのエンジニアの伝記

エニシング・ゴーズ

若松 冨三 著

目次

まえがき

令和二年三月二九日、八八歳になりました。

その祝いの席として、私の長男である当社社長が音頭をとり、社員や家族が、米寿の祝賀会を催してくれました。そこで、私自身の半生を語ったことが、この本を書くきっかけとなった次第です。

八〇歳を迎えた頃に長男に代を引き継いでもらい、会長職に就いて第一線を退きましたが、振り返れば、経営者を兼務しながら、人生の約八割以上をエンジニアとして過ごしてまいりました。常に「現場の人」との思いもあって、社員たちに技術面やマナーについて厳しい言葉をかけてしまうことも多かったです。朝礼などで自身の心中や体験談を話してきたりはしましたが、生い立ちについてまで詳しく話すことは、記憶する限りではほとんどなかったように思います。家族の前でならなおさらです。

だからこそ、せっかく開いてくれた祝いの場で挨拶をするにあたり、改めて半生を振り返り、仕事のことだけでなく、これまであまり語ったことのなかった私の戦前、戦中、戦後の体験についても話してみたのです。

私以外、戦争を体験した者はおりません。彼らに私の話がどのように受けとられるだろうかと考えながらエピソードを思い起こし、あらかじめ大まかな題材を準備しておきました。そして、その場の雰囲気で話題など変えればいいとも思っていたのです。すると、思いの外、皆が興味深く聞き入ってくれたようで、この度、こうして、八八年の生涯を綴らせていただくこととなりました。

とはいえ、私は有名人でもなければ、偉大な開発者でもありません。ただ、生きることに誰もが必死だった時代を経て、長きにわたって技術を磨き、積み上げた実績のひとつひとつに思い入れがあります。経験してきたことすべては私の生きた証しであり、誇りでもあります。

時代の波に翻弄されながらも逞しく生き抜いた同士の方たち、それ以上に先代の方々に敬意をはらい、また、ともに当社を盛り上げてくれた人たちや家族に感謝の意を表しながら、自身のこれまでをここに記したいと思います。

第一章　戦前、戦中、戦後の体験

幼少から少年期、疎開先でのこと

昭和八年三月二九日。大阪の下町、現在の三恵工業がある西成区で生まれた私は、若松家の四人目の子どもでした。上には、二人の姉と一人の兄がおり、後に、妹と弟が誕生し、父と母、六人の兄弟姉妹の八人家族という賑やかな家庭で育ちました。

昭和八年は、日本が満州事変に対する批判を受けて国際連盟を脱退、ドイツではヒトラーが就任し、ナチスが政権を握るなど、「戦争への曲がり角の年」といわれているようですが、当時の日本は、工業生産、科学技術だけでなく、大衆文化でもモダンガールが銀座を颯爽と歩いていたとのことで、私自身、生まれてから小学校時代にいたって、戦争の影響を実感することのない日々を送っておりました。

父は、大正末期の不況のあおりで会社を解雇されたそうですが、元来、ものづくりが得意だったことから一念発起し、大正一四年、三恵工業の原点となる「若松サドル」を創業。当時の国民の移動手段として必須だった自転車のサドル製作を手がけました。時代の波に乗り、実家の事業は順調に発展。家族が住む家屋と製作工場は六〇坪ほどあり、私たちは、仲の良い両親のもとで何不自由ない生活をさせてもらいました。

緊迫した戦況になるまでは物資もそれなりに豊富で、幼少期の思い出は四季折々の風情とともに今も鮮明に残っています。投げ玉（かんしゃく玉）を買いに行き、近所の友だちと投げ歩くなど、悪びれた様子もなく遊んだりもしました。兄弟姉妹も仲が良く、とにかく毎日、日が暮れるまで外を走り回っていました。

当時はお祭りも盛大で楽しみのひとつでした。かき氷、うちわ、下駄、浴衣、思い浮かぶのは夏にまつわるものがほとんどです。その他、ハモ、夕涼み、打ち水、ところてん、素麺、流れ星など、夏の風物詩もひと通り堪能しました。

また、当時、「火の玉」というものを目にすることがありました。昨今では、肝だめしのシーンで用いられるように、怖いイメージかもしれませんが、私の子ども時代では一般的な光景でした。火の玉については諸説ありますが、人が亡くなる前に、魂がからだから離れて飛ぶ人魂（ひとだま）のことで、迷信のひとつです。犬や猫が亡くなると土の中に埋めるのが習慣で、埋めた彼らのからだからリンという化学物質が出てきて、直後に雨が降ると、その雨水とリンが反応して光るという現象です。雨上がりの夕方によく遭遇していました。今の人たちが本当に遭遇したらぞっとするかもしれません。あるいは蛍などの昆虫であったり光る植物と間違えて理解することでしょう。

私の小学校時代の話をさせていただきます。昭和一四年、親のすすめで西成区ではなく、浪速区の知人宅に寄留し、大国尋常高等小学校に越境入学しました。当時の成績の評価は「優・良・可」で示され一、二年生は劣等生、良は少なく、可が大半でした。三、四年生になると成績は中間くらいになり、良と可が逆転。五、六年生では学業に専念したことから上席となって優をもらえるようになりました。今とは違ってスパルタ教育が当たり前の時代。できない者はおいていく、自助努力でついて来いという教育でした。

三年生から、そろばん塾へも通わせてもらい、五年生の夏には一級を取得。その頃に習得した暗算力は、この年齢になっても人並みくらいには維持できていると自負しております。

今さらながら、父親譲りの手先の器用さと数字に強かったことは、エンジニアに向いていたということで、得意なことを仕事にできたのは幸せだったと思います。

遊びも勉強も充実した小学校時代を過ごしておりましたが、高学年となった頃には、少しずつ戦争の足音が近づいてきていました。

支那事変満州国へ出征兵士を送る会が週に一度くらいの割合で地域ごとに実施され、また、英霊の方々を迎える会も町内会で開かれていました。迎える会が少しずつ増えていくのを見て、子ども心にも何か違和感があったのを覚えています。家族は悲しんでいるのに、それを町内会で迎えるという光景は、あまり思い出したくない記憶です。胸のあたりがざわざわとし、子どもの私でも気持ちのいいものではありませんでした。

戦争の情報は、毎日流れてくる大本営発表に頼るしかなく、日本軍が優勢とばかりに、小学校でも間違った方向へ誘導されていたわけです。「打ちてし止まん（うちてしやまん）」など、敵対心を煽る標語も流行しておりました。

昭和一九年五月、小学六年生のとき、児童疎開が始まりました。私の疎開先は、滋賀県滋賀郡仰木村字平尾（現　大津市仰木町）にある龍光寺。寺の本堂に一七名の児童が寄宿し、寝食をともにしました。

疎開先での毎日は規則正しく、朝六時起床。お寺での生活ですから、朝は勤行（仏前で読経）があり、その後、掃除をし、朝食。八時半に登校し、一六時に下校。一七時半から一八時半に夕食をいただき、暫し自由時間があり、二〇時半に消灯です。

三食しっかりといただくことができ、学校に登校して勉学にも勤しむことができました。国語をはじめ、主として地理や日本史を学習。東南アジアの地域の特産物を列記したり、年代表を作ったり。夜の自由時間も非常に楽しく、熱心に各授業の予習に励みました。知識を得られることが純粋にうれしかったのです。

食事にいたっても同様です。米食の量は中皿一杯。さすが、米どころのお米は違います。米が光っていることに感動しました。しかも、村の人々も親切で、お寺には充分にいただきものがあったのでしょう、副食も種々ありました。昼食は学校給食、晩食もあり、とにかく食に不自由せず、その当時はよく理解できていなかったのですが、本当に恵まれていたと思います。

疎開生活は一〇カ月ほどでしたが、その間、座学に加えて体験学習もあり、いろんなことを学ぶことができました。

農作物の収穫時となる秋には、各農家での課外授業がありました。村中が協力して収穫する習慣があり、私たちも収穫の応援に出かけました。例えば、稲刈り。刈った稲を束ね、稲干台に掛けて自然乾燥させます。稲刈りは腰が痛かったのですが、一五時におやつが出されるのでそれを目当てに頑張りました。日によって出向く農家が違い、行く先々でふるまわれるおやつも異なります。頑張り甲斐があるというものです。

また、刈り取りが終わった田畑では、落ち穂拾いが許され、拾った籾は持ち帰らせてもらえました。炒って焼き米にし、間食にいただきました。

その他、小川のそばにはたくさん栗が落ちていて、それらを拾ってきては、集めた落ち葉で焚き火をし、焼き栗に。ほくほくとしていて甘く、自分で焼いたこともあって、美味しさもひとしおでした。

冬が近づいた頃には渋柿を摘んで、干し柿づくりを体験。外の皮を剥いて、縄で吊します。一カ月半ほど干すと、渋が抜けて実は甘くなり、こんなに美味しいおやつがあるのかと思いました。

一二月には、耐寒訓練の名目で雪中登山も実施されました。全員参加で比叡山延暦寺へ。朝七時半より約三キロの雪路を歩きました。私たちの足元は、草鞋（わらじ）か足袋（たび）です。途中から履き物は役に立たなくなり、みんなが裸足で歩いているようなもの。そのような状態で約二時間半、頑張り通しました。

寺へ戻ると全員が井戸に駆け寄り、凍えた足に井戸水を掛けました。そのときの井戸水がなんとも温かかったこと。二度と経験できないことだと思います。井戸水が温かいなどとは、現代の人たちでは考え及ばないことではないでしょうか。何かの参考になればと書き残しておきます。

大阪の母は、私たちがどんな暮らしをしているのかわかりません。はるばる大阪から、慰問のため幾度か面会に来てくれました。地下鉄、京阪電車、京津電車と江若鉄道（現在は廃止されて走っていません）、バスと四度の乗り換えがあり、片道、半日がかりでの面会です。バスがない日には徒歩だったそうです。また時には、浜大津から琵琶湖汽船で堅田港まで、船を利用していたこともありました。

おやつなどにも不自由しているだろうと、配給の大豆を炒めて持って来てくれました。そのように、暮らしの様子はもちろんですが、いちばん気になっていたのは食事のことだったのでしょう。都会では白米が食卓にのぼることは希になっていた時代、面会のときに、食卓に白米の皿が並んでいるのを見て、「これが毎日なのか」と聞いてきたので、私は「はい」と答えました。真っ白な近江米の主食を子どもがいただいているのを見て、母は安堵した様子で帰っていきました。

親元を離れての生活でしたが、寂しさを感じることはありません。とにかく充実した毎日でした。きちんとした食事がとれることがどれほど贅沢なことか、子どもだった自分にはその恩恵を図り知るに至っておりませんでしたが、疎開先で得た経験は、生涯忘れない大変貴重なものとなりました。

疎開先の龍光寺は比叡山延暦寺のふもとにありました。後年、平成二八年頃だったかに、家内と立ち寄ってみました。すると、今なお立派な佇まいで残っておりました。

暫しその姿を立ちすくんで拝見し、当時を懐かしみ、しっかりと目に焼き付けて帰ってまいりました。

大阪大空襲、終戦を迎えて

　昭和一九年の五月から疎開生活を送っておりましたが、小学六年生だった私は、翌年、昭和二〇年の二月二〇日、中学進学受験のために滋賀県滋賀郡仰木村字平尾（現 大津市仰木町）から地元の大阪に戻ってまいりました。

　疎開先に大した荷物を持って行ったわけではありませんが、一〇カ月ほど居たため荷物はそれなりの量になっており、抱えて帰るわけにもいかず、まずは、自分の身ひとつで帰路につき、あとは宅送することにしました。今のように輸送手段が発達していなかったため、荷物が実家に届いたのは約二週間後の三月五日のことでした。

　大阪に戻ったのは先述の通り、中学進学受験のためです。しかし、つい前日まで居た疎開先とは町の雰囲気はまったく違います。受験がどうこうなどとはほど遠い、どこか鬼気迫るものを肌で感じました。予想は的中。帰阪して一カ月と経たないうちに、町は大きく様変わりしました。

三月一三日深夜から翌日の未明。二七四機のＢ29が襲来しました。大阪大空襲です。アメリカ軍は、都心部を取り囲む住宅密集地を標的に、低空飛行で一般家屋を狙ったといわれています。

襲撃の予告を告げる警報が鳴り響いた午後八時、自宅に居たのは、母と私、妹、弟の四人でした。すぐさま母は、私たち子ども三人をまずは家の内にある防空壕へ連れていきました。ただ、ここでは危ない、少しでも安全と思われる場所へと判断した母は、屋外の防空壕へ移ろうと考えたようです。当然、母と同様の判断をした人は多く、はじめに行った防空壕は満員。次の目標である現在の今宮高校の雨天体操場へ向かったのですが、入れる状態ではなく、しかもここは火の玉が落ちてくると考えたようです。そこで、南海電車の高架下に沿って人を避けながら歩き、今宮戎駅を目指しました。駅舎の下はすでに人があふれていたため、プラットホームに移動し、一夜を明かすこととなりました。

結果的に、母の判断が「吉」となったことを私たち子どもはあとで知りました。はじめに立ち寄った防空壕の人々は全員焼死、二番目の体操場も焼失したとのこと。運が良かったという言葉を使うのは適切ではありませんが、母の判断により私たちは生き延びることができたのです。

深夜の襲撃により、難波や心斎橋はあっという間に猛火に包まれ、避難の術がなかったそうです。私たちが夜を明かした今宮戎駅からほど近くの場所。プラットホームからすぐ向こうに見える町はオレンジ色で、夜中だというのに炎で明るく、季節は三月でしたが寒さも感じず、むしろ夏のように暑かったのを記憶しています。

朝六時半、まだ辺りは薄暗い夜明けとともに母は、私たちにここを動かず待っているようにと告げ、どこかに出かけて行きました。私は、妹と弟の不安を和らげたい一心で手を握り、目の前に広がる光景を見て言葉を失っていました。一夜にして景色は一変、一面焼け野原。同じ市内とはいえ徒歩では行けない距離の大阪城が見えるのです。大変なことになったものだと子ども心に感じとれました。また、前夜、喉の渇きを潤そうと防火水槽の水を飲んだのですが、明るくなって見るとそれは泥水で、たいそう汚れていました。わからずして飲んだことはいえ、よくお腹を壊さなかったものです。

　数時間後、母はリュックいっぱいに缶詰を詰めて私たちの元へ戻ってきました。私たちのために食料調達に出かけてくれていたのです。戦中は各所に役所の建物があったのですが、母は、難波宮近くの造幣局まで徒歩で行き、焼け跡から缶詰を拾い集めてきてくれました。お腹を空かした私たち子どもにとって、大のご馳走です。生ものではなく火を通した加工品であり、安心していただくことができました。いつ何時も、親というのはありがたい存在です。夜通し歩いて疲れているであろうに、また、お腹も空いているであろうに、自分のことより私たちのためにそこまでしてくれました。こうして当時のことを改めて思い起こすと、胸にこみ上げてくるものがあります。

缶詰でお腹を満たした私たちは、その後、どのような行動をしたか詳細は思い出せないのですが、父や兄姉全員無事だったのは本当に奇跡のようなことでした。

しかし、父が築いた自宅も工場もすべて焼けてしまいました。これは私たち家族にだけ起きた出来事ではなく、途方にくれているわけにもいきません。

父も母も行動力のある人で、その後、大阪南部の泉佐野方面に住む母方の身内の家に、やっかいになることとなりました。とはいえ、若松家は八人の大所帯です。屋内に居候をするわけにはいかず、外の小さな納屋を借りて、そこで一時的に住まわせてもらうこととなりました。ただ、そこでも狭すぎたため、私と妹や弟は近隣の他家の情けにすがり、寝床として使わせていただきました。そんな事情から、父や兄、姉はその地を離れ、家族別々に暮らしておりました。八月一五日、終戦。母と私、妹、弟の四人は泉佐野で過ごすことができましたが、若松家の家族は、離れ離れでこの日を迎えました。

家族がまた同じ場所で暮らせるようになったのは翌年、昭和二一年正月明けのことです。言いづらい話ですが、泉佐野での身内からは冷遇を受け、できる限り早く地元に戻り家族で暮らしたいと考えておりました。父も事情を察しており、住まいを見つけ、皆を呼び集めたのです。父が再び、事業を再開したのはその年の三月のことでした。

母は、大阪大空襲後から、市内の地元に戻る一月まで、私たち子どもたちの食料確保のため、毎日、和歌山の海南方面の農家へ、泉州産業の線材と食料品との物々交換に出かけていました。朝早くに出て夜遅くに帰ってくる母を助けるため、上の姉が食事の支度をしていました。当時、燃料の薪を買えば費用がかかるので、落ち葉を集めて燃料にし、母の負担を少しでも軽くする努力をしてくれていました。

　私自身も子どもながらにできることはないかと考え、浜に行って地引き網の手伝いをしました。手伝いをすると捕獲した鰯をバケツにいっぱいもらうことができ、それを、近鉄あべの橋まで行って金銭に換えました。警察に見つかると大変なことになります。しかも、生ものです。仕入れて現場まで持って行って売り、お客さんが持ち帰る時間を鑑みて、合計二時間と判断して販売。大阪市内はまだまだ食糧難だったため、品物を置くとあっという間に売れました。

　また、大阪市内の地元に戻ってからは、父が事業を再開するまでの少しの間、芋飴を作って商店街に売りに行ったりもしました。一日目、一袋一〇円の包みを一〇〇個用意し、完売したのに売上金は六五〇円。品物を置いた途端、飛ぶように売れるのですが、お金をもらって商品を渡している間に持ち去られてしまったり、引ったくり同然に盗まれたからです。何か策をと考え、次の日からは、集金係を同行。二人作業だとスムーズに商うことができ、短い間でしたが、少しは家計の役には立てたのではないかと思っています。

中学一年生の年に終戦を迎え、生活が落ち着くまでは家計を助けるために、毎日人一倍働きました。今思えば、その頃に、「子どもに贅などとは戯言（たわごと）」と体得したのではないかと思います。

学校に通えるようになった頃、私は大阪市内の中学校（現在は今宮工科高等学校）に進学。まだ泉州に住んでいた頃ですから、南海電車で通学していた時期もありましたが、しばらくして生まれ育った地に引っ越し、通学がずいぶんと楽になりました。

その中学校には、河内方面から通っている生徒もおりました。当時、昼食は自前のお弁当で、都会育ちの生徒は、配給のパンやよもぎ団子、とうきびなどでしたが、河内の農家の生徒たちの弁当箱には、白米のご飯がぎゅうぎゅうに詰まっていました。そのとき、「今に見ておれ、必ず見返してやる」と反骨心がわき上がったのを覚えています。あとで知ったことですが、クラスメートの中で三人が社長業に就いていました。三人とも大阪市内の出身者でした。

　話は前後しますが、泉州からの通学途中で、森田くんという機械科の生徒と親しくなり、子ども同士で物々交換をしようという話になりました。毎週日曜日、私が地元で収穫した野菜を森田くんの家に持参し、石鹸をいただいて帰る、ということがしばらく続きました。当初はご迷惑かと思いましたが、森田くんのお母さんが気持ちよく応対してくれていたので、甘えてみることにしました。母は持ち帰った石鹸を換金していたと思います。

　また、厚かましくも夕飯までご馳走になることもよくありました。まだまだ食料が手に入りにくい時代にあって、お造りやすき焼きをふるまっていただくこともあったのです。よほどの良家だったのでしょう。後にお父さんは大企業の重役だったと知りました。赤の他人の私に本当によくしていただいたと感謝の気持ちでいっぱいです。森田さん、ありがとう。

三月一三日の大阪大空襲のあとも、終戦までに何度も空襲は続きました。三月一七日には神戸大空襲もあり、対岸の町が火の海になるのを見て、悔しさが抑えきれませんでした。そして、身内の冷遇と他人の温かさ、天秤にかけてはいけませんが、これらの経験は、後々の私の原動力になっていたのだと感じています。

戦前、戦中は何不自由のない暮らしをさせてもらいました。大阪大空襲でも生き延びることができました。中学一年生で終戦を迎え、まだまだ遊びたい盛り、勉強も頑張りたい。ただ、その前に、生活を取り戻すことが第一です。両親、兄弟姉妹、家族が一丸となって若松家は再スタートを切りました。

私は学校と父の手伝いを両立させながら、学生らしくスポーツにも取り組ませてもらいました。当時の部活動といえば野球のみだったため、私は趣味として卓球を選び、精を出す日々。始めると何ごとも全力投球が私のモットーです。かなりのめり込み、友人三人と毎日二時間練習に励み、国体の予選会に挑戦するようにまで上達しました。学校生活を満喫しながら、家業の発展にも精励し、戦後も充実した数年間を送りました。

ちなみに、大学受験にも挑戦しましたが、見事に「桜散る」でした。私が通っていた実業校は一般教科が普通校より大きく遅れがあることをあとで知りました。数学、英語、物理等のレベルは、普通校の一年遅れだったようです。幸い電気科教程を受けており、電気の計算に必要な微分積分は習得しました。

当時の担任教師から、今はわからなくとも覚えておくようにと言われ、結果的に、その後の家業に大いに役立ちました。計算方法を教えていただいたこと、恩師の高井先生に心より御礼を申し上げます。

浄土真宗
龍光寺

第二章　原点、若松サドル創業と発展

挑戦と努力の人、父、清五郎

明治生まれの父、清五郎は、小学校卒業と同時に、とある有限会社に技術者として就職しました。当時は、よほどのお金持ちの家庭でない限り、小学校を卒業して働きに出るのはごく一般的なことだと聞いております。

元来ものづくりが好きだったからその会社で働くことになったのか、お世話をしていただいた方のご縁だったのかは聞き及びませんが、いずれにせよその後、そこでこつこつと技術を身につけていったのだと察します。

早くしてエンジニアの道に進み、その道ひと筋だった父は、手先が器用だったのは子どもの目から見ても明白でした。それと同時に、とにかく「バイタリティのある人」というのも父の印象です。

幼い頃に、父から聞いたことで記憶から抜けないことのひとつは、アムール川

（あるいは、中国と北朝鮮の国境を流れる川、鴨緑江）で釣りをしたという話です。知る人ぞ知る極寒の地であり、一一月には川の水が凍ります。その氷に穴を開けて魚釣りをしたことがあるというのです。

　幼少時にこの話を聞いてなぜ記憶に残っているのかといえば、寒さがどうこうという以前に、どのような移動手段でそこまで行ったのかということでした。今になっても想像ができません。現在のような交通網があるはずもなく、国境を越えてまでそこに行った経緯、どんな風にその地を訪れ、そこで釣りをすることとなったのかなど、子どもの自分では理解に及ばないことばかりで、父にそれ以上尋ねようもありませんでした。

　未だに謎のこのような話は他にもありました。

　その頃、毎年、京城（現在のソウル）より木箱に詰められたリンゴが送られてきていました。木箱を開けると籾殻の中にリンゴがあり、明らかに高級そのものです。木箱には「京城商会」のラベルが貼ってあったのを覚えており、間違いなく隣国からの贈答品でした。アムール川行きにまつわるのかどうかわかりませんが、京城の企業、もしくは公的機関なりから歓迎を受けたとの聞き覚えもあり、父は小学校卒ながら国際人として活躍していたと思うと、肉親とはいえ、ただただ「すごい人」だと感心するばかりです。

時代は、明治から大正へ。大正時代といえば、「大正デモクラシー」や「大正ロマン」という言葉が生まれ、政治や慣習、ことに大衆文化の西洋化が進んだことで知られています。洋装に断髪という装いが浸透し始めるなど、華やいだイメージがあります。

しかし、大正初期、第一次世界大戦が起きたことで、その戦中と戦後では、日本経済は大きく異なります。貿易を積極的に行っていた戦中の日本は好景気でしたが、戦後は一気に大不況に陥りました。大正末期、父もその不況の煽りを受け、人員整理により、一篇の通知にて解雇されることとなりました。

父と母がどのように出会ったかは詳しく知りませんが、二人とも明治生まれですから、若い頃に結婚し、子どもをもうけ、家庭を築いておりました。つまり、大不況時に家族を抱えての失業。生活し続けるためには働かなければならない。しかし、当時の社会情勢で就職先のあてもありません。

そこで父は、それならば、自分の持っている技術を生かせる事業を起こせばいいと考えました。一念発起し、自立の道を選んだのです。そのようなご時世では先行きを考えると、決断には大変な心労があったことでしょうが、明治気質の頑固さからも、他の人には思いもつかない方向に、人生の転向を図りました。

大正一四年八月。現在の会社の原点となる、「若松サドル」を創業しました。その名の通り、自転車部品のひとつ、サドルの製造が主な事業内容です。

若松サドルの創業から九年後くらいに私は生まれておりますので、父が起業にあたってどのように資金を調達したのかなど知らないままですが、新規事業者でありながら、才覚を発揮。元来持ち合わせていた器用さで客先からは重宝がられておりました。

創業から一年半後には、大正から昭和となりましたが、当時はまだまだ人力の時代です。昭和になっても運送に使う手段は、大八車やリヤカー等です。自転車は、移動のためとしてだけでなく、荷車を引っ張るうえでも大活躍で、需要が多い乗り物でした。父は取引先の開拓と製造をこなし、事業は順調に発展。母と協力をし合いながら、不況を乗り越えていったのだと思います。

昭和一四年、当時、六歳の私の記憶では、まだ食事も普通で、満たされた毎日でしたが、日中戦争から太平洋戦争へと流れ、昭和一六年一二月八日、日本は開戦の詔勅によってイギリスとアメリカに宣戦布告し、戦時色一色に塗り変えられていきました。国の政治が軍部に掌握され、すべてが国家の意向に問われることにより、人道上許せない行為、ハワイ真珠湾の奇襲攻撃から太平洋戦争が始まったのです。

諸外国のＡＢＣＤ包囲網によって日本に対して行った貿易制限も一因したと思いますが、石油の禁輸措置により石油資源の備蓄が枯渇するなど、国家が立ちゆかなくなる事態になっていました。一方、日本国民が、日々の生活の行方を含めたニュースを知るには、大本営発表が基盤となっていました。戦争状況がどうなっているのかは、ここで発表されることがすべてです。出征兵士を送る会や、英霊の方々を迎える会が行われようと、国民は日本優勢を疑うことがなく、無論、疑うようなことを口にする者もおりませんでした。

開戦からしばらくは、日常の物資に困ることはありませんでしたが、次第に資材や資源が配給制へと移行されていきました。父の事業は、軍需品の製造を目的としない平和産業に属することから、政府のお達しにより、同業者が集まって事業を行う企業合同という形態をとらされることとなりました。一箇所に集めて資材を配給する方が合理的と考えたからでしょう。

こうして必要な資材は割り当て制度が実施され、充分な資材は配給されなくなり、戦中、資材不足が続きました。必要不可欠な資材は闇業者からの調達という手段を使ったこともあったようですが、もし官憲に見つかりようものなら、大変な事態を招きます。平和産業に従事する者は、国の命に従い、細々と活動するしかありませんでした。

また、それとは別に、国民の暮らしを苦しめることとなったのが、戦時国債（戦時債券ともいう）です。戦争に伴って発生する巨額の財政支出の財源に充てるため、債券が発行されます。満州事変から長期の戦争が発生し、政府系金融機関を通じて、国民に、半強制的に債券購入を強いたそうです。大人や子ども関係なく、一人につき幾らと決まっていたということで、個人向けの無記名債権が発行され、債権額は確認できておりませんが、当家のような大家族となれば購入額は増やされ、家庭の財布は大変な事態に陥りました。さらに、当初は半年に一回だったのが、昭和一八年から一九年にかけては三カ月毎になったようです。
敗戦と同時に、国民が購入させられた債券は全額が無価値となり、全国民が大損害を受けました。しかも、戦後の確か一、二年間は、銀行口座の閉鎖があり、預金の引き出しができない時期がありました。新円と旧円の切り替え時は、一人数十円しか出金できず、役所から証紙を受け取り、旧円紙幣の上に証紙を貼り付け使用したこともありました。

話は逸れましたが、創業から不況を乗り越え、順調に発展していながら、事業存続は戦争に翻弄されました。父は経営者であったことから、徴用にとられることがなかったそうですが、昭和二〇年三月の大阪大空襲により、自宅と仕事場ともどもすべて焼失してしまいました。若松サドルが再開できたのはその一年後のことです。

焼け野原の内から事業を再開するにあたって、まず、製造現場の確保から始めなくてはなりません。当初、終戦前に身内から借りていた長屋の土間を取り払って、サドルの製造を始めました。幸い、資材のうち線材等の鉄製品は焼け跡から使用可能な物をかき集め、他の資材も闇市場からなんとか調達することができ、若松サドルの製品を、再び市場に送り出すこととなりました。

戦後は何もかもが不足していたため、少々難品でも飛ぶように売れる状態です。もちろん手抜きの製品を世に出したわけではありません。製品にはすべてトレードマークが打たれているため、全製品は製造元がわかるようになっており、不良品は製造元に戻ります。父は可能な限り工夫をし、若松サドルの名を汚すことなく、そして、家族を養うために、寝る間も惜しんで働きました。当時、中学生だった私も兄とともに、学校から帰ると家業の手伝いに励みました。

その後、需要は順調に伸び、受注に対応して製造するには場所が狭すぎることから、父は、現在の地に二一〇坪の土地を購入。敷地内に居宅及び工場を建てました。先述の通り、預金封鎖があった時代であり、またしてもどのようにして土地を手に入れ、建設したのかはわかりません。ただ、終戦から一年ほどの経過で、事業を拡大するまでに至ったというわけです。

優しくも逞しき人、母、キク

明治気質の型破りな父を信じ、縁の下の力持ちとして支え続けた母についても話をさせていただこうと思います。

同じく明治生まれの母は、大正二年か三年頃、小学校卒業と同時に、衣服問屋が多い船場のほど近く、現在の大阪市中央区北浜の商家に奉公に上がりました。人の数倍の理解力で、仕事も速くて丁寧、よく気のつく子ということでごりょうさんにたいへん可愛がられたそうです。家事全般にわたって指導を受けるとともに、行儀作法や裁縫、料理等、種々教えていただき、年少にもかかわらず、早いうちからそこでの仕事全般を任されるようになりました。忙しく励んで信頼を得ることができ、充実した毎日を送っておりました。

父との婚儀が決まったことで、そこを去ることになったそうですが、ごりょうさんからは「もう少しいてほしかった」と、言っていただいたそうです。当時は適齢期となれば周囲が騒いだり、お節介をやいたりする人もいたことでしょうから、父と結婚に至ったのも、周囲のはからいにより話が進められ、一〇代後半で若松家に嫁いだのだと思います。

そのような背景から結婚したであろう父と母ですが、とても仲がよく、職人気質で口数の少ない父と、よく気のつく気丈な母との取り合わせは非常に良かったのではなかったかと、昨今、自分の人生を振り返りながらよく考えます。子どもというのは、両親の生い立ちを詳しく知らないものです。自分自身も話してこなかったわけですから、本当に今さらですが、こうして母のことを綴っていると、もっといろんなことを聞いておきたかったという思いにかられます。

結婚して母は、六人の子どもを産み、育て、家計を切り盛りしておりました。私は若松家の第四子で、第一子となる長女の姉とは干支ひとまわりほど年齢が違います。二人の姉が母の手伝いをしていたことから、私や妹、弟は外で走りまわって遊ばせてもらえたのだと思います。

母についての記憶を紐解くなかで、特に印象的な出来事をあげるとするなら、やはりあの大阪大空襲の日の前後です。先述したように今も鮮明に記憶に残っています。年の離れた姉たちは戦争が始まった頃には、嫁ぐなりして実家を出ており、家にいたのは、私と妹、弟の三人でした。母は空襲警報の音と同時に私たちを連れて、防空壕へ。そこが危ないと察したらすぐさま次の場所、また次の場所へと気転を効かせて移動し、やがて南海電車の今宮戎駅のホームを目指しました。その判断が正しかったことで私たちは難を逃れることができたのです。

もちろん必死であったろうし、不安も相当だったことと思いますが、私たちにはそのような素振りを見せず、気丈にふるまい、その一瞬一瞬の判断力には本当に頭が下がります。しかも、私たち子どものために、一睡もせず夜通し歩いて食料を調達してきてくれました。どこにそんな気力体力があったのだろうと、思わずにいられません。

私たちが疎開していた先にも、少ない食材でおやつを用意し、半日がかりで慰問に来てくれました。一番に気づかってくれたことは、食事のことです。大阪では配給制により食材は限られていたこともあり、食事がとれているのかをずっと気にかけてくれていたようです。訪れた先で私たちがお腹を空かすことなく白米をいただいているのを見て安心し、また、同じ道のりを半日がかりで帰っていきました。

七五年以上も前のことであるのに、あの時の母の後ろ姿は今もよく覚えています。疎開先から帰阪してすぐに大空襲に遭ったことから、疎開先での充実した日々を母に話す余裕がないままだったことが悔やまれます。自分のことより子どもたちのことを優先する母。私自身が家庭を持って、子どもをもうけ、親のありがたみをしみじみかみしめております。また、自分の覚えている話のあとではありますが、現在では、パソコンに多彩な情報を入力し、記憶をパソコン任せにしている世の中を見ていると、わが両親ともに、その記憶の良さに改めて感服しております。

41-63

第三章　遺伝子を継いで

エンジニアの道へ

昭和二一年三月、終戦から八カ月も経たずして父は事業を再開しました。収入を得ることもですが、需要があることを確信した父は、一日でも早くと考えたのだとも察します。当時の住まいの一角を作業場にして製造を開始。すべてを人力で行わなければならないため、兄も私も、学校から帰ると自主的に父を手伝いました。

再開直後より順調に受注は伸びていきました。すると、人手が足りないだけでなく、作業スペースが手狭で製造が追いつかない。半年後に父は、工場用地として二一〇坪という広い土地を購入し、事業拡大を図りました。同敷地内に自分たち家族の住居も建設しましたが、充分な広さの作業場を確保し、また、懇意にしていただいていた丸一鋼管様より譲り受けた一五トンのフレクションプレスを導入。作業効率が大幅に上がったのはいうまでもありません。

父が事業を再開してから、私は学業と家業の手伝いを両立していました。父が常に忙しかったこともあり、作業は見て覚え、自分でいうのもおこがましいですが、早いうちから戦力となっていたと自負しています。

父から同じ血を受け継ぎ、同じ背中を見て育った兄弟でも、性格も違えば、得意なことも異なります。兄はどちらかといえば、ものづくりより営業向きの人でした。新規顧客を兄が契約してきたこともありましたが、父の事業を継ぐつもりはもともとなかったのでしょう。やがて兄は別の道を歩みました。

この頃は、家業を手伝いはしても、自分が引き継ぐことになるなど考えてもいませんでした。当時は、仕事があるないといったことに関係なく、家業は身内でまわしていくことが一般的でした。流れのまま父の仕事を手伝うのは、その家に生まれたときから決まっていたようなものですが、そうあることを疑うこともなく流れに乗ったのは、もともとものづくりが好きだったからでしょう。たぶん、三人の兄弟の中で私が一番父に似ていたのだと思います。

今思えば、現代の人たちのように、将来の夢やなりたい職業について考えたことがありませんでした。父が技術者として就職したことが始まりのように、私は、いつしかエンジニアの道に進んでいたわけです。しかも、生涯の仕事として七〇年以上も続けるとは思いもよりませんでした。

時代のニーズが変化していくのとともに、手がける製品も種々変わっていきましたが、ずっとものづくりに携わってきました。辞めて違う仕事をしようと考えたこともなく、かといって流されて続けてきたわけでもありません。流れには乗りましたが、自分が好んで歩んだエンジニアの道。納品して喜んでもらうとうれしい。満足いただけなかったと知るともっと良いものをと反骨精神がわいた。求められると応えたくなる。新しいものを開発したり、改良したりしていると時間を忘れて夢中になる。好きなこと、得意なことを仕事にできた私は、幸せ者だったのだろう。振り返ってみて、そんな風に我が人生について感じております。

時代はモータリゼーションへ

昭和三九年、東京オリンピックが開催されました。終戦から二〇年経たずしての開催。このような出来事を見聞きすると、戦後生まれの人からすれば、日本は猛スピードで飛躍的な復興を遂げていった印象かと思います。ところが、日本経済は安定と不況を繰り返していたのが実のところです。

昭和二四年頃から三八年頃までは、三、四年に一度のサイクルでしか好況期が訪れず、その好景気も短期間だったため、多くの労働者の賃金は低いままでした。なぜ少ない収入で暮らせていたかといえば、衣食住の衣服は高かったのですが、住まい（家賃）と食料が安かったからです。戦時中の物がない時代を経験していると、やりくり上手が身についていたのだとも思います。庶民でもなんとか貯蓄もできていましたから、今の物価感覚とはかなり異なるのではないでしょうか。

経済がそのような状態にある一方で、移動手段はもとより運搬に必要な乗り物は、自転車から自動車化（モータリゼーション）へ。車社会のオートメーション時代へと移り変わっていきました。モータリゼーションの一般的なイメージは四輪の自動車を指し、ＧＤＰの伸長と１９７０年代後半のマイカーブームがセットで語られていますが、戦後、二輪バイクとともに、物流で利を得ようとする商売人の間ではオート三輪の需要が伸びていたのです。

オート三輪は１９３０年代にはすでに生産されていましたが、当初は、軍事用としてのものがほとんどで、一般市場で普及したのは戦後です。トラック生産が再開され、廉価なオート三輪の需要が復活。終戦で市場を失った航空機メーカーが車産業に参入し、市場は活性化しました。

オート三輪といえば、ダイハツ・ミゼットを思い浮かべる方も多いかと思います。高度成長期を描いた映画の劇中車として登場していたようですし、平成八年にそのコンセプトを受け継いだミゼットⅡが発売されたことなどから、その名は現代でも知られるようになりました。

ただ、オート三輪が隆盛を極めたのは１９５０年代。その後は、四輪トラックに取って代わられました。性能的なこともありますが、自動車交通の高速化にともない、高速走行や居住性などの要素で、四輪トラックにはかないません。昭和三〇年代に入ってまもなく、多くの三輪メーカーは撤退し、四輪トラックを主に生産するようになりました。

二輪バイク市場の先駆けといえば、川西航空機（現在の新明和工業）の「ポインター」です。戦後間もない昭和二一年に発売されました。川西航空機は、川崎航空機工業（現在の川崎重工業）や中島航空機（現在のSUBARU）とともに、日本を支えた航空機メーカーです。そんな業界で名を馳せた企業が平和産業界へ進出。二輪バイクの製造に乗り出しました。

ポインターの売れ行きは好調で、特に、関西地区では売れに売れておりました。オートバイの代名詞となるほど世に知れ渡っていったのです。現代の人にもわかりやすく例えるなら、ホンダの「スーパーカブ」に並ぶ人気ぶりです。ポインターが日本の二輪バイクを牽引したといっても過言ではありませんでした。

しかし、ポインターが広く知れ渡ったと同時に、全国各地に、次々と同じような技術を持ったメーカーが参入してきました。そうなると、市場の過当競争が激しくなり、採算が合わなくなっていきます。昭和三七年、先陣を切った川西航空機（当時は新明和工業と社名変更済）は事業転換へ。他事業部門の強化を図って撤退しました。ポインターは発売から約一六年で、生産終了に至ったのです。

モータリゼーションの時代が到来していることを敏感に察知した父は、若松サドルも時代とともに変わらなくてはならないと考えました。というのも、同業界内に自転車部品のすべてを自社で製造し、組立てて完成車として販売する企業が登場していたからです。

当時、取引先は自転車業界ですでに名の通った企業ではありましたが、業界は乱脈の状態に陥っていました。自転車のサドル製造だけでは、事業の発展は見込めない。父はそう判断したのです。

事業を拡大した頃に人手も確保し、従業員を抱えるようになっていたこともあって、まずは自分たちの技術を活かせるものを手がけることにしました。そこで、オート三輪の運転席に着目し、シートを請け負うようになりました。時期は少し前後するかもしれませんが、二輪バイクのシートも受注し、製造し始めていました。

高校を卒業後、大学受験を試みるも進学かなわずの私は、そのまま若松サドルの戦力となっていました。二輪バイク業界の受注は当初、シート製造からでしたが、私は取引を進めるなかで信頼を得て、やがて骨組みとなる部分にも携わるようになりました。このような流れから、若松サドルは事業変革に向けて大きく舵を切ることになります。

IBM

第四章　エニシング・ゴーズ

復興、そして、高度成長期の事業の変遷

昭和二一年三月に事業を再開後、昭和二四年にかけて、自転車サドル製造を中心として地盤を固め、地道に事業を発展させていきました。動力としてフレクションプレスを導入して効率アップを図り、先述の通り、時代の流れを受けて、オート三輪や二輪バイクのシート製造にも着手。昭和二二年に民間貿易が再開されたことから、父は輸出品の製作を手がけるようになりました。

今では、「メイド・イン・ジャパン」は高品質の印籠のようなものですが、昭和二七年まで、サンフランシスコ講和条約により輸出品には「メイド・イン・オキュパイド・ジャパン」の刻印が義務づけられていました。オキュパイド・ジャパンとは、「占領下の日本」という意味です。自分たちが手がけた製品にそのような刻印をつけなければならないことは、当時の私たちにとって、大変屈辱的な

ことでした。

自転車のサドルに加えて、オート三輪や二輪バイクのシートを製造し、若松サドルとしては発展しておりましたが、一方で、取引先の中で事業を撤退する企業が増えていました。取引先が減っていくのならば、受注生産だけでは伸びシロがない。父はそう判断し、二つの事業軸で運営することに思い至りました。ひとつは従来の単車業界関連の製品、もうひとつは汎用性の広い鉄工業界への参入です。

鉄工業を選んだのは、昭和二三年に始まった朝鮮戦争が起因します。韓国と北朝鮮の間で生じた朝鮮半島を巡る国際紛争がなぜ関係しているのかというと、朝鮮特需があったからです。朝鮮特需とは、昭和二五年から二七年までの三年間、在朝鮮アメリカ軍と在日アメリカ軍から日本へ大量に買い付けられた軍事物資のこと。これにより、日本国内は大きな利益を得ました。特需景気とも呼ばれ、戦後、日本が経済復興を遂げる大きなきっかけとなったのです。各種産業で業績が好転し、中でも鉄工業の伸び率が一番でした。

エニシング・ゴーズ。時代の波に乗り、やれることは何でもやってやろう。こうして、昭和二五年、二六年は、若松サドルの転換期となりました。

個人事業として運営してきた若松サドルでしたが、法人化にも踏み切りました。大手企業を取引先として渡り合っていくうえで、基盤が構築された法人企業であることは重要と考えたからです。昭和二六年二月、若松サドルは、現在の「三恵工業株式会社」へ。主な事業はそのままに、自動二輪車シート製作工場としてスタートしました。

話は少し遡りますが、オート三輪シートの製造は、大手企業から発注していただきました。販路拡大にあたって私も営業に出かけ、勝ち取った仕事です。まだ一〇代でありながら、父の右腕となるまでに技術を身につけてはいたものの、オート三輪シートの製造実績はありません。それでも、営業先で「つくれるか」と問われ、「はい」と答えました。若気の至りで大見得をきったかのようですが、けっしてそうではありません。その頃、成形品を見るだけで、頭の中でその構造が描けるようになっており、ニーズに応える自信があったのです。

専門の学校に通って特殊な知識や技術を身につけたわけではありませんが、たいていのものは、骨組みの形状、クッション性、縫製についてなど、どうすれば完成できるかイメージすることができました。特に意識していたわけではないものの、この仕事は自分にとっての天職かもしれない、そう感じるようになっていました。

その後、鉄工業を手がけるにあたって、各種設備を整備していったことから、骨組みとなる鉄骨部分の自社生産が可能になりました。ビニールやレザーシートにおいて、鉄骨加工から縫製まで一貫して請け負えるようになっていったのです。

今だから言えることですが、自分で請け負ったことながら、挑んだ数々は本当に大胆だったと思います。例えばシートの縫製作業。請け負うまでミシンなどかけたこともありませんでした。見よう見まねです。クレームなく納品できており、変わりなくご依頼いただいてまいりましたので、結果オーライということにさせいただくとします。

二輪バイクについては、新明和工業の鳴尾工場より、ポインター号のシートを発注いただいておりました。当初は図面をいただき、その図面にしたがってシートを製造しておりましたが、しばらくするうちに設計にも携わるようになりました。プレス加工の設備を導入していたので、骨組みも請け負えることを重宝してもらえたようです。デザインや構造の打ち合わせから参加させていただくようになりました。

経験を積む中で、自社でスリークッション構造のシートを開発しました。運転席、及び、後部のタンデムシートが好評で、各社お取引先にて採用いただき、今も業界にてご愛用いただいています。一時期、自社製品として販売しようと試みたことがあります。しかし、そんなに容易なことではありませんでした。見えない圧力に屈することとなりました。オキュパイド・ジャパンの時代を思い出す出来事ではありましたが、そこは頭を切り換え、メーカーではなく、サプライヤーとしての道を選びました。

やれることは何でもやると決めた昭和二六年頃に話を戻します。自転車サドルから、オート三輪や二輪バイクに関わり、縫製簡易プレス事業まで手がけておりましたが、社会の需要に柔軟に対応すべく、金属に関わる全作業をこなせる企業となることを目標に、事業方針の大変革を行いました。父の判断でもありましたが、この頃、私もひとり立ちしていたことから、自らが異業種参入を買って出ました。

プレス加工、板金加工、溶接加工、機械加工、塗装まで、これら五業種すべてを請け負える体制を、順次整えていきました。プレス加工はすでにシート製造でも携わっていましたが、このとき、金型が製品の良し悪しを決めることがわかり、まず、金型の自社生産から試みました。

　新たにパワープレス機を導入し、プレス工場を新設しました。そして、ラジアルボール盤や旋盤、フライス盤など、次々と設備を揃え、工場内には機器がところ狭しと並んでいきました。人材も確保し、他社の工場長に製造や指導の支援を依頼するなど、金型一貫工場としての体裁を構築。同時に客先も順調に増え、皆が忙しく作業に励んでおりました。

　続いて溶接機も導入。資格も取得しました。プレス加工、溶接加工の技術の向上とともに、アッセンブリ（組立）部品が多くなっていきました。時期は少し違いますが、マシニングセンター（通称ＭＣ）やナンバーコントロール旋盤（通称ＮＣ）などの溶接ロボット機器も完備。こうして時代を先取りするとともに、国内はもとより鉄工業界の好景気を逃すまいと、矢継ぎ早に設備の増設を図りました。

実は、多種多様の受注を請け負えるよう体制を整え、挑んでいったのには、別の背景もありました。金型の製品づくりまで内製しなければ、客先の納期価格に合わず、利益に繋がらなかったからです。

昭和二八年当時、大手企業との取引は、納品分に対して六〇％が検収、残りの四〇％は預かり金として余沢されるという仕組みになっていました。例えば一〇〇万円分を納品すると、支払われるのは六〇万円。残りの四〇万円は、表向きは取引先が預かるということです。よって、自社で請け負えない部分を外注し、外注費を満額支払うと、自社の利益として残るのはわずかになってしまいます。なぜそんなシステムになっているのか理解不能です。理不尽なことではありましたが、仕事をいただくにはこのようなことも受け入れなければならない時代でした。数年後には解消されましたが、大企業が相手の取引において、仕事を請け負う側の経理は大変な状態が続きました。

話を戻します。すべての業界にプロがいる社会です。後発の素人がどこまで食い込んでいけるかなど図り知れません。若さと無鉄砲、器用さがゆえとはいえ、未知の産業によく参入したものです。ニーズがあったからこそ実現できたことであり、ひるまず己を信じて挑んで良かった。振り返って思うことです。

鉄工業界に参入し、以後、新明和工業（当初は鳴尾工場）をはじめ、川西モーターサービス所（特装車事業部の前身：ダンプトラック）、ダイハツ工業、久保田鉄工（堺）、三菱重工業（水島製作所）、難波プレス工業（岡山県倉敷市児島）、極東開発工業、日産車体（京都大久保）、ダイキン工業、三菱電機、ダイハツディーゼル他（以上、順不同、敬称略）、多数の企業と取引させていただきました。

今も取引が続いている企業もあれば、組織や業態が変わった企業などさまざまですが、ご紹介にあずかって繋がりを持つきっかけをいただいたこともありました。皆様にご愛顧いただいたことで、業務内容も段階を経て拡充することができ、私たちは今もこうして事業を継続することができています。本当にありがたく思っております。

成熟と安定に向けて

当社は、繰り返す不況と好況の波間をくぐり抜け、昭和三九年の東京オリンピックまでの高度成長期、昭和四五年の大阪万博までのいざなぎ景気の波にも乗ることができました。そして私は、高校に通いながら家業を手伝い、卒業後はエンジニアとしてひとり立ちし、三〇歳そこそこで社長業を引き継ぎました。以来、やれることは何でもやる精神で、社会の需要に柔軟に対応。さまざまな業務をこなしてまいりました。

自転車サドルの製造から、オート三輪や二輪バイクのシートを請け負う中で、金属加工を幅広くこなすことに活路を見い出し、鉄工業界へ参入。エアファンネル、注油用ペール缶、プーリー各種、ダンプトラックのトラニオン、マフラー（消音器）の絞り加工、油圧タンク等板金部品他、自社の機器で対応できるもの、また、需要に応じて新たに設備を導入して製造したものなどさまざまです。ただ、いずれにしても原点が乗り物に関わることから、事業転換後も、主にバイクや自動車関連の製品を手がけてまいりました。

一般的には、昭和四八年くらいまでを高度成長期とされているかと思います。その後、安定成長からバブル期を迎えましたが、安定期に入る前にはオイルショックがありました。そして、バブル崩壊とされる平成三年からの景気後退期、平成二〇年にはリーマンショックもあり、不況は長引き、今もって景気は戻っておりません。毎年、予知が難しい自然災害に翻弄されることもしばしばです。そんな移ろいゆく経済の中でも、当社は事業を成熟させてまいりました。今も事業を継続できているのは、当社の成熟期に取引させていただいた企業より、長きにわたってご愛顧いただいていることに他なりません。

だからこそ、信頼に応える姿勢を貫く。常に危機感を持って、驕ることなく誠実に仕事をすること。同時に、挑戦する気持ちがなければ生き残れないことを、身を持って経験してまいりました。

取引先ごとに受注内容も規格も異なり、並行して手がけてきたことから、携わった製品や業務内容を時系列で書き連ねるのは難しいですが、取引する中で、記憶に残っているいろいろなエピソードがあります。誇れることもあれば、失敗談も多々あります。悔しい思いもたくさんしました。そして得た教訓を糧に勤しんでまいりました。そんな記憶のあれこれを思い起こしながら、順不同になりますが綴らせていただきます。敬称略とさせていただくこともご了承いただければと思います。

当社の成長に大きく関わっていただいた企業といえば、新明和工業。当社が二輪バイク業界の製品を手がけるようになった頃からお世話になっている企業です。始まりは、鳴尾工場からの二輪バイクシートの製造依頼でした。大阪にある当社から車で向かう途中、鳴尾工場のすぐ側の武庫川を渡った辺りは、当時、一面が苺畑でした。現在は大学の校舎が建ち並んでその面影はまったくありませんが、国道二号線近くまで苺の香りが漂っており、その時期に訪問するのが楽しみでした。また、一番驚いたのは、工場の建物全般に、機銃掃射跡があったことです。航空機メーカーだったことから、戦中、標的になっていたことを実感しました。

二輪バイク業界から撤退された後も、本山工場でしばらくお取引をいただき、本山工場が手狭になったことから宝塚へ移転した頃より、ダンプカー用の補助タンク、板金プレス部品を発注いただきました。その後、二トンダンプカー用トラニオンの製造移管に伴い、製造企業として当社に白羽の矢が立ちました。その頃には、当社は二五〇トンまでのプレス加工が可能な設備を整備し、板金プレス加工を含む一式を請け負えることから、指名していただいたのではないかと思います。

プレス、溶接、加工と三位一体の作業ができないと完成品として納品することができません。新明和工業からの発注において、当初の生産計画では充分に供給が可能でしたが、生産数が大きく伸び、溶接作業の欠数が出るようになりました。手作業での溶接では追いつかないと判断し、直交型の溶接ロボットを導入。供給不足は解消されました。ただ、やがてそれでも加工工数が足りなくなり、福助テック（福助足袋の子会社）に、ＸＹＺ加工の三工程が同時に行える設備の設計製造をお願いし、続いて、関節ロボットも採用。気合いと手作業だけでは乗り越えられないことがあります。優秀な設備が大活躍してくれました。

ダイハツディーゼル株式会社とのお取引も長きにわたります。始まりは、昭和二六年、ダイハツディーゼル株式会社の親会社、ダイハツ工業よりいただいたオート三輪シートの製造です。運転席及び助手席シート、アームレスト等の特注生産を手がけました。プレス縫製、組み付けという異業種作業の組み合わせ製品を、当社は一貫作業で対応。これを機会に他のプレス製品の検討をいただき、吸気口のエアファンネルを受注しました。

この時期から取引の拡大を期待していましたが、他社と合同で生産する取引合併を打診されました。当社は個別取引を申し出ると同時に、ダイハツ工業のディーゼル部門を担当する、ダイハツディーゼル株式会社との取引を希望。承諾を得ることができ、これよりあとも懇意にしていただく繋がりを得ることとなりました。

それまで大量生産を生業としておりましたが、ダイハツディーゼル株式会社からは少数多品種製品をご依頼いただきました。当社の得意分野である油タンク類及びカバー類の他、多種少量の小物部品は、月六〇〇数十点もあり、日程、品質、価格等に見合う作業を行わなければなりません。同時期に久保田鉄工株式会社より量産にて発注いただいていたことから、量産部門と単品生産部門に分かれて作業を行いました。慣れるまでは戸惑いの日々。従業員一同、本当によく頑張ってくれました。

とにもかくにも努力を続けることにより、当社がターゲットにしていたタンク類を五〇から八〇個単位で発注いただけることになりました。努力の甲斐がありました。しかし、手放しで喜んでいられない事態が訪れます。ダイハツディーゼル株式会社のサプライヤーの中で破産した業者があり、当社にその業者分が託されました。生産品目と数量は二〇〇〇点以上に。通常の受注でもオーバーワークぎみだったこともあり、うれしくも苦行となる事態です。供給を切らすわけにはいきません。東條工業所、黒崎製作所という協力業者の尽力にあずかり、完納することができました。

この急場を乗り越えたことは、事業体制を改める良いきっかけになり、また、安定した受注にも繋がりました。外注先、供給体制を整え、当社の目的であるフライホイールカバー、潤滑油用タンク、リークオイルタンク等、数年のうちに全種受注できるようになり、また、準量産体制の構築は業績向上に大変貢献しました。現在もフライホイールカバー全般と油受け数十種、ステンレスや鉄、素材を問わない小物部品を製作させていただいております。

ある機械商の紹介で、三菱水島工場のミニカのサプライヤーとして、岡山県児島の難波プレスとの取引が始まりました。もともと児島というところは、学生服の生産地で、難波プレスはその付属ボタン等のプレス加工を生業にされていました。当時はちょうど、軽自動車が庶民の間に普及し、ミニカが全盛の時代。三菱重工業の生産ラインが、名古屋から水島製作所に移管され、難波プレスは、その金属加工部品を一手に引き受けることとなりました。そこで、協力業者を探しているとのことで、当社に声がかかりました。

大阪と岡山という遠距離でのお取引。しかも、素材を支給いただき、当社で加工し、納品するという流れです。機械商を通じて話をいただいたとき、一日の生産数が三〇から五〇個単位とのことでお引き受けしたところ、実際には一日分ごとの生産ではなく、一カ月分ごとということでした。つまり、月一〇〇〇から一五〇〇個で、一カ月間毎日休みなく製造し続けなくてはならなかったのです。

しかし、引き受けた以上、全うしなければなりません。ご期待に沿うよう努めたところ品質の正確さを買われ、板金のメイン部品である消音器（マフラー）加工の発注も受け、二五〇トンダブルクランクプレスの月間ストローク数の八割を協力するようになりました。

水島製作所へは週に一回の頻度で工程の打ち合わせに出かけておりました。今のようにファックスもメールもない時代。無論、商談は電話では成立しません。また、輸送にも時間がかかります。週に二回、四トントラックを定期便として走らせておりました。四トンの加工製品を積んで早朝四時に大阪を出発、岡山に八時、児島には九時半着。三箇所で打ち合わせを済ませ、帰りは重量オーバーの五トンの材料を積み、帰阪すると夜の一一時になっていました。工数が多く、日数も限られており、納期に縛られる毎日。その頃、従業員は二六人ほどおりましたが、それぞれが担当業務をフル稼動でこなし、息つく間もない状態でした。他社の受注もあり、それらは私がひとりでこなしました。

あと一日でも猶予をいただければと常々思いながらも奮闘。そんな日々が二年数カ月ほど続いたある日、最も危惧していた事態が起きました。当社の搬送車の単独事故です。人身事故に至らなかったのは不幸中の幸いではありますが、生産ラインを停止させるという非常事態。多大なるご迷惑をおかけしてしまいました。

当然、取引停止となるところですが、上層部の方の計らいにて継続取引を許可いただきました。しかし、過ぎたるは及ばざるが如し。作業のキャパを超えていたのでは、客先に迷惑をおかけし、また、自社の信用にも関わると判断。遠方のお客様に供給するのは大変危険なことだと悟り、継続を辞退いたしました。この場での私信となりますが、管野常務様には大変お世話になりました。厚く御礼申し上げます。

大手企業との量産取引を経験させていただいたのは、久保田鉄工株式会社の堺工場です。取引当時は経済の成長期で、当社も種々の製品受注ができる環境にありました。はじめに発注いただいたのは、エンジンスタート用ローププーリーです。羽根本体と約三〇工程を要する製品の供給であり、数量も、月産一〇〇〇から二〇〇〇個。その加工数から常に四から五人の作業員が製作にあたっておりました。

胴体羽根部分を正円に仕上げる作業は難しく、正確さが求められます。取引時は複雑なものを受注してしまったと思いましたが、逆にエンジニアとしての血が騒いだのも実のところです。その他にも、絞り加工品として、Vベルトカバー、マフラーカバー、各種ヘッドカバーを手がけておりました。手がけるうちに、絞り深さの調整技術を磨くことができました。浅絞りから四段階最終の深絞り加工まで万能になり、その後、自社で開発し、ご提案した加工製品を採用いただきました。

当社が開発に挑んだのは、動力の駆動装置のプーリーをプレス加工でつくれないかということです。Ｖベルトのテンション用プーリーは、鋳物製品でしたが、試作を重ねて板金加工で完成させました。三度の絞り加工を施し、かなり複雑な金型が必要な作業でしたが、加工に対するパテントも取得し、他にはない製品です。コストダウンに大きく貢献したことから、年始めの表彰式で銅賞をいただきました。

　大手企業との取引にあたって、サプライヤーの立場である当社が提供できることは他に何があるかを考え、技術情報の提供ではないかという答えに至りました。当社の技術に信頼をおいていただき、新製品の開発会議にも声がかかるようになりました。こうして長年、ご愛顧いただいておりました久保田鉄工株式会社ですが、後に関東進出が進められ、堺工場の主力製品の全数移管が決まりました。当社にも関東進出の打診をいただきましたが、社会情勢と当社の企業規模を鑑み、断念した次第です。

　このように取引先へのアイデアの提供は惜しみませんでした。日々、ものづくりに勤しんできたことから、エンジニアとしてのノウハウを活かしていただければ、それは本望です。ひいては自社の評価にも繋がります。開発研究課での打ち合わせ等は、設計課のロビーにて行われました。資材、研究、設計、工場の各担当者と、当社から私の五名が集まり、月に一回程度、話し合いの機会を持ちました。ある時、設計部長が通りすがり、「何の打ち合わせか」と問われましたので、私は「開発会議です」と回答しました。すると、「しっかりと頼む」と言われました。後に社長になられた方です。とても嬉しく、そのときのことは今も忘れることができません。

余談ではありますが、取引先から当社へ年に二度ほど技術指導に来られることもありましたが、知識や技術は私の方が上だと言っていただいたことがあります。それからは、逆に話を聞いて来いと、そちらの技術者が当社に派遣されてきました。そのように評価いただけるとは誇りに思うこと。そこでも惜しみなくノウハウを伝授させていただきました。派遣されてきた方からは、「自社では聞けない話です」と重宝がっていただきました。大変光栄なことです。

ネームバリューに惹かれて取引に応じた企業もありましたが、小企業の私たちを下に見た情け容赦ない傲慢な応対に、呆れて身を引いたこともあります。ただ、それらは反面教師となり、自社の協力業者を大切にしようと肝に銘じました。たくさんのことを血肉にした種々の営みが、今の三恵工業の礎です。

若松

第五章　晩年を振り返って

夫婦二人三脚

エンジニアの父をいつも側で気丈に支える母がいたように、私にも長きにわたって寄り添ってくれた家内がおります。私の家族になってくれ、当社の経理を担ってくれました。ここで、私たち夫婦の話も記しておきたいと思います。

妻、美知代は、取引先である久保田鉄工製造部の部長の娘さんで、初めて会ったときは高校生でした。高校卒業後、関西ペイントへ就職。その時期には、彼女の父は他界されておりました。お世話になった方の逝去は耐えがたいものがありました。

美知代は昭和二五年一月生まれ、私とは一七歳も年齢が違います。当初、一緒に出かけたときはデートをするという感覚はなく、かわいい妹と一緒にいたという感じでした。終業後、短い時間ですが、よく行っていたのは吹田方面で、ちょうど大阪万博の準備が進められていました。一緒に過ごす時間が積み重なるにつれ、やがて手放したくないという存在になっていきました。遊びに行き始めて一、二度くらいの頃は妹のように思っていたとはいえ、その当時から年齢の差を考えたことはありません。常に一緒にいたいと思うようになったのは、ごく自然な流れだったように思います。

いつしかお付き合いをするようになり、いろんなところへ二人で出かけました。初めての遠出は箱根、一番の遠出は栃木の佐野でした。予想以上に遠く、日光東照宮に着いたときには閉門時間を過ぎておりました。時間に間に合わず鑑賞することができなかったことは残念でしたが、それもまた思い出と、記憶に刻まれております。また、美知代が二十歳の正月には出雲へも出かけました。その当時は、交通手段が限られており、関西から行くには栃木以上に遠く感じました。

昭和四七年六月、美知代が二二歳になったときに結婚。厚生年金会館で身内だけのささやかな挙式を執り行いました。仲人は、日本発送電株式会社の専務理事、久保田真敏様が引き受けてくださり、私たちは晴れて夫婦となりました。

新婚旅行はグアム島へ。初めての外遊です。宿泊先にはアウトリガーホテルを選びました。ここで家内は初めてゴルフを体験。場所は、ウインドワードヒルズカントリークラブで、グアムで最も古い歴史があるといわれているところです。お客様が少なかったこともあり、二人貸し切り状態で楽しむことができました。

結婚後、長女、長男、次男と三人の子宝に恵まれました。一人目の息子は早くに亡くなってしまうという辛い経験もありました。

次男が六歳を過ぎるまで、子育ては家内に任せきりで、私は休日のほとんどを月例杯に参加するなど、ゴルフ三昧の日々。自宅と工場が同一敷地内にあったため、平日も私は終業後、気分を切り替えるために出かけることが多く、休みの日はゴルフで家を空けておりました。たまたま家族遊行を思い立っても、連休等はかなり前から予約が必要で、なかなか実行に移すことができません。子どもたちとの時間を持つことも少なく、家内には頼りっぱなしでした。

そのようなことから、家族と過ごせる別荘を保有しようと考えました。軽井沢、高山、島根と、週末の度に各方面を探してまわりました。時代はバブル期に入る頃だったため、どこも土地が高騰しておりましたが、立地や価格など比較検討し、高山の御嶽山の裾野、鈴蘭高原辺りの土地を購入することにしました。裾野といっても標高一三五〇メートルの場所で、夏は涼しく、冬は二メートル近い積雪があります。スキー場やゴルフ場へも車で三分、鈴蘭高原の温泉付き。レジャーに事欠かない、条件を満たした好立地でした。

平成元年、念願の別荘は完成しました。北軽井沢も理想の場所だったことから入手できなかったのは残念でしたが、大阪から片道一〇時間ほど所要することを思い起こすと利用するには遠すぎました。高山は良き選択だったと思います。

五月の連休や夏休みなどはそこで過ごすようになりました。一度行くと三泊から四泊くらいし、年間二〇日間ほど訪れていたでしょうか。御嶽山も登頂しました。車で訪れることもありましたが、朝六時に出発し、黒沢口スキー場よりロープウェイを利用し、そこから山登りを楽しんでいました。別荘に戻ると午後三時頃になっていたかと思います。

別荘を保有する前も、長男が七歳くらいになると、毎冬の雪のシーズンには、週末が来る度、近場のスキー場へ訪れたりはしておりました。出発は朝五時。家内は家族より二時間前に起床し、朝食の準備をしてくれ、一緒にスキー場へ出かけ、夜八時から九時に帰宅という強行軍。子どもが幼い間は任せっきり、少し成長してからも遊行好きな私に、よく付き合ってくれました。本当にありがたいです。

家内には大変迷惑をかけてきましたが、夫婦仲はどこよりも良かったと自負しております。いまだにですが、どこへ行くにも一緒、仕事も一緒。ずっと夫婦二人三脚でした。はじめに記したように、家内には経理をすべて任せておりました。人は誰しも自分のお金は大事にしても、会社のお金となると考えがゆるくなりがちですが、家内には全幅の信頼をおいております。これまでも、必要なときにお金が足りなくなるということはまずありませんでした。

私自身、父と同様にお金に執着がありません。家内が誕生日に買ってくれた財布を何十年も使っており、中身にも無頓着。いつの間にか空っぽになっていることもありましたが、家内がそっと補充しておいてくれることもしばしば。裏を返せば、いつでも必要なときにお金があるという安心感にも繋がっていたように思います。

余談になりますが、財布を新しくするには、秋は避けるということをいまの若い人はご存じないかもしれません。昔から、秋の財布は「空き財布」といわれ、中身がなくなり空っぽになるから縁起が悪いとされてきました。また、財布を贈ったりするときには、福銭といって、お金にご縁があるようにと願って、五円や四五円（始終ご縁）を入れることは常識とされてもいました。

また、夫婦の話から逸れてしまいますが、このようなことを次世代に少しでも伝えるために朝礼では、日本に昔から伝わる名言や格言などを紹介してきました。例えば、日本一短い手紙として有名な一文、「一筆啓上 火の用心 お仙泣かすな 馬肥やせ」。徳川家康の家臣、本多作左衛門重次が陣中から妻に送った手紙です。四つに短く分けて綴られたこれだけで、必要なことが要約されていて、思いやる気持ちも込められています。実に素晴らしいです。

話を戻しますと、別荘を手に入れ、家内と子どもたちと休みの折に過ごした時間の中に、いろんな気持ちや教えが思い出として刻まれております。我が子たちも何かを得てくれていたらうれしく思います。

そして、改めて、家内には「ありがとう」を。面と向かっては伝えづらいので、ここに記させていただきます。

登山にて思うこと

夫婦や家族の話の中にも綴った通り、趣味に興じる時間は私にとって不可欠でした。ドライブ、ゴルフやスキー、山登りなど、家族や友人はもとより、仕事関係者の方々と共有する時間を大事にしてまいりました。また、やるならとことんという元来の性格から、強行スケジュール、過酷な環境へと自分を追い込んでいくことが多かったように思います。人生、流されていると気づかないことでも、経験したことが厳しいほど、振り返れば教訓として刻まれています。山歩きもそうです。

深く記憶に残っている劔岳登頂の話をさせていただきます。ある年の夏休み、私を含む山行の有志五名で劔岳を目指しました。メンバーは、久保田鉄工の工務課、資材課一行と関リーダーのもと敢行。夜一〇時の夜行電車で富山に向かいました。

車中泊にて翌朝富山駅に到着すると、富山地鉄（富山地方鉄道）で千寿ヶ原、ケーブルで美女平、バスを乗り継いで室堂平へ。そこからは、その日の宿、劒沢小屋へと徒歩五時間ほど雷鳥沢を登り、午後四時過ぎに小屋に到着。翌日の劒岳登頂のため早々に就寝しました。

二日目。早朝四時に起床、朝食と昼食の弁当を持ち、出発です。途中、八ツ峰、カニの横ばい（切り立った壁面を下るところもある）等上り下りを繰り返しながら、午前一〇時に劒岳の頂上へ。三〇〇〇メートルを超えると夏であっても気温はかなり低く、長く景色を楽しむ余裕などありません。雲緩を注意しながら早々に劒沢を下ります。昼食の弁当もそこそこに済ませ、本日の宿、仙人小屋を目指しました。途中、一名脱落しかけましたが、リーダーが彼のリュックを代わりに担ぎ、なんとか午後六時過ぎに宿に着きました。出発から到着まで歩き続けること半日以上。平坦な道ではなく、上り下りの連続、切り立った壁面もあります。私にとっての登山はこれが普通でした。

二日目の宿、仙人小屋でも体力温存のため、早々に就寝。翌日も朝六時には出発。欅平から黒部鉄道トロッコに乗る時間があったのでしっかり歩かなければと足早に山を下り、阿曽原地区に入りました。ここで思わぬ出来事に遭遇しました。

当時、黒四（黒部ダム／黒部川第四発電所）ダムの建設中で、地下一〇〇メートル程度のところにまでレールが敷かれ、資材や作業員を搬送するためのルートがありました。欅平から黒部峡谷鉄道の工事用線（下部軌道）や竪坑エレベーター（高低差二〇〇メートル）、関西電力の工事用地下トロッコ（上部軌道）などが運行されていました。私たちは道中、この工事用車両に遭遇したのです。四輌編成の地下トロッコが目の前で止まってくれ、内からドアを開けて「早く乗れ」と声をかけられ、乗車しました。そして、欅平上部のＫ点にある地下トロッコの終着点から欅平地域まで、ダンプカーも昇降するエレベーターで約一〇〇メートル以上を一気に下ろしてもらったのです。記憶では約三分から五分くらいだったでしょうか。

本来歩くはずだった登山道は、黒部川沿いの崖に切り開いた細い桟道で、歩けば約三時間の危険な道のりです。同乗させていただいたお陰で約一五分にて到着しました。一般人でこのような経験をさせてもらった人はいないのではないかと思います。本当にありがとうございました。

約三時間も時短ができたので、鐘釣温泉で下車し、黒部川に湧き出ている温泉で汗を流すことにしました。そこは、川の内に堰をつくり、高温の湯を川の水で適温にしている自然の湯。生涯でも忘れられない湯の経験でした。尚、今は出水のため川床が変わってしまっているようです。

この時の山行は大変厳しいものでしたが、工事中の黒四ダム、工事用車両に乗車できたこと、黒部峡谷電源開発の難所、高熱隧道、破砕帯等（生命の保証はありません）を通過した経験の数々は、生涯通しても本当に貴重でした。

登山は、どんなに厳しくとも諦めてはいけないことを教えてくれます。一歩でも誤ると先に進めなくなる。常に慎重に日常を過ごすように自己啓発しながら日々を送る習慣が身につきました。また、下から見上げているのではなく、上から見下ろせば物事がよく分かることを、山頂からの景色を見て感じました。道中をともにするもの同士も、信頼関係がなくてはなりません。取引先の方ともこうしてご一緒させていただき、関係を深めるいい機会となりました。

なぜそんな辛い、しんどい思いをして山に登るのか。山登りの信条がわからない人からの質問の答えとして、「そこに山があるから」などという言葉もありますが、どのように解釈しようと人それぞれ、自由でいいと思います。

私にとっての山歩き、それは、人生最高の教訓を得られるスポーツです。

一人三役を終えて あとは、まかせた

ある頃から、六五歳前後で社業から退く計画でおりました。計画などというのはおかしな話かもしれませんが、人生設計もそこそこに、この道ひと筋でやってきたため、自分なりにどこかで線引きをしなければと考えたからです。

知らぬ間に六五歳は過ぎておりましたが、七〇歳を定年と決めて、あとは自分たちの思う生活を送ろうと、家内と話し合っておりました。結局、八八歳を迎えた現在も時折、技術指導や製造補助を引き受けることもあり、毎朝、工場に出向いております。計画のときは大幅に過ぎてこの年齢まで事業に関わろうとは考えてもおりませんでしたが、今さらながら、毎日の出社が、曲がりなりにも健康維持に大きく寄与していたのではないかと、そのように思っております。

父が始めた家業を、三〇歳そこそこで引き継ぎ、経営者、工場長、エンジニアの一人三役、いや、営業もこなしていたので、正確には一人四役を担っていたことになります。

創業から九〇年以上経った平成二五年、私の長男が事業を引き継ぎました。大学卒業後、大手企業で大過なく奉職しておりましたが、「大阪の伝統の火を消せない」と、事業継続のため奉職先を退職。大企業の恵まれた環境から、すべて自己責任となる町の小企業の経営者へと転身してくれたのです。

私は、取引先のサプライヤーとして、また、エンジニアとして、長年の経験があり、今も日常的に起きていることがらのほとんどは、経験の中のひとつです。しかし、息子は異業種企業の会社員からの転身。予想もつかない気苦労の毎日となったのではと思います。

「寄らば大樹の陰」といわれるように、頼れるものがあるならば大きい方が心強く、将来を担保できます。しかし、小企業の経営者となれば、大会社の組織とは違い、すべての責任を背負って立たなければなりません。印鑑に命を託す身となり、あらゆる事柄を自助努力で解決しなければいけない厳しい日々が続くことを受け入れ、規律ある日々をどう送るかを問われる立場。すべての投資は自己資本、自己が先頭に立って道を切り拓き、信頼を得るのも責任を負うのも自己でなければ社長業は務まらないのです。

大切なことはムダを省く。使用人員の出来不出来の判断は即時ですること。適材適所で人を動かし、無駄をなくすことが会社の収益に大きく関わってきます。勤勉な人を大切に、饒舌（口先だけ）な者は排除。そうして、広い視野を持つ仲間を集めることを最優先とし、社会のニーズを先取りできる集団をつくり上げる努力が必要です。私のこのような考えを理解してもらったうえで、社業を引き継いでもらうようにしました。

長年、アナログな人力でのものづくりに勤しんできた者としては、パソコンなりで多くの作業が簡略でき、管理も可能になった反面、ブレーンが少なく形骸化した人たちがいる社会を危惧することもあります。その反面、単純化ゆえに事業の発展や転向もある程度、容易くなるのではと考えたりもしました。当社事業が進展していることを喜びながら、身を引こう。その機会を図っておりました。

エニシング・ゴーズ。社業の発展を目指して、この「何でもやりましょう」の精神で、基本技術のプレス、製缶、板金、溶接、加工を組み合わせてものづくりを行い、専門外のことにも取り組んでまいりました。昨今では、これまでの製造事業だけでなく、息子が前奉職先で勤しんだ建築事業の分野も手がけるようになっております。

ひとつの関門を越えるごとに人には言えない人生の喜びが生まれてきます。そうあってほしいと願います。だからこそ、慢心せず、安心することなく、落ち込んだとき、有頂天になりそうなときには、「無財の七施」を必ず思い出し、慎んで暮らすように。また、他人は他人。誰にも頼らないこと（家族は別）、信用はしないこと（信頼は別）。浮かれず沈まず、常に平常心を失うことなく、謙虚に社会生活を送ってくれればと思っております。そして、自身の健康には人一倍留意し、社業に励んでください。

執筆にかかった令和二年、造船、自動車、航空機等、各産業、新型コロナウイルスに被害され、大変な状況に陥りました。いつの日かの疫病の終息にともない、日本だけでなく世界中の企業が立ち直り、社会が良くなることを切に願いつつ、筆をおきます。

無財の七施

眼施 目は心の窓 いつもやさしく

和顔施 いつもほゝえみをたゝえ

言辞施 すみません、有難う、どうぞ、を素直にいゝ

心施 お互いに助け合い かばい合い 信じ合い

身施 世のため人のために自分の力をつくし

床座施 人には席をゆずり

房舎施 つかれた人には家の中で休んでいたゞきましょう

一度詣れよ元善光寺 善光寺だけでは片詣り

元善光寺

あとがき　次代を担って

若松耕三

令和二年、新型コロナウイルスにより、世の中が一変しました。元号が平成から令和に変わり、厳かに迎える新たな時代の幕開けは、国中が心をひとつにした瞬間だった気がします。そのわずか一〇カ月後の様変わりは、誰もが予想をしていなかったこと。弊社も例外なく影響を受けており、この厳しい波の先を見据えながら、歩みを止めず、奮闘する毎日が続いております。

一刻も早く疫病の感染を封じ込めるために、緊急事態宣言が発令されました。このとき、著者である父、冨三はこう言いました。

「こんなウイルスなど戦争に比べたらなんてことない」

九〇歳を目前にしながら、また、基礎疾患もありながらも、この発した言葉通り、父にしてみれば、歴史の通過点のようなものなのでしょう。悠然とかまえ、これまでと変わらず気合いで乗り切ればいいと、気骨のある姿勢を示してくれています。

戦争を知らない私たちに、時折、当時の話をしてくれることがありました。もう何十年も昔のことでありながら、記憶は鮮明で、実際に命をかけて経験した話だからこそ迫力があります。コロナ禍という戦禍において、戦争経験者にしていまだ現役、経営者として商売人としての肌感覚を持つ父から発せられるひと言ひと言が、私たち、そして、次世代の子どもたちの道になり、光になるのだと思います。しかし、同族であるから直接伝えることの難しさもあり、今回、書を通して何とかバトンを受け取った想いです。

令和三年八月で弊社は創業九六年を迎え、一〇〇周年もすぐそこまで来ています。

自転車のサドル製造と販売から始まり、オート三輪やダンプカー用部品に続き、現在の主業である舶用エンジン部品の製造へと、時代の変遷とともに商いのカタチを変え、今日に至ります。創業以来、「進取の精神」で常に一歩先を見て、技術や業務開発に勤しみ、現在も主業のメーカー様に対応しながら、先を見据えて仕込みをしているところです。ただ、私自身、サラリーマンから家業に転職を図ったときは、まったく思うようにいきませんでした。

私は大学卒業後、新卒で大手ゼネコンに就職。勤務先では、不動産の開発や設備設計、施工を手がけ、バブル崩壊後での入社ではありましたが、グランフロント大阪の開発事業にも取り組むなど、家業の鉄に関わる業務とはまったく関係のない仕事をしていました。大学へ進学したときも父の仕事を継ぐことを念頭においてはいなかったのです。

平成二五年、家業の同族での継承に危機があり、長男であったこともあり、仮にやらずに後悔するよりもやって考えようと、一四年間の安定したサラリーマン生活を捨て、不退転の決意で実家の現場に飛び込みました。当時はまだ、当社のある西成区は、定住せず道端で寝転がっている人を見かけるような環境で、会社の建屋も設備もかなり古びていました。前職に比べるとまるで世界が違います。それまで会社の肩書きで助けられていた世界から一変して、現場ファーストの町工場のオヤジとなり、それまでは普通に通じていた価値観が通じず、正直、葛藤の日々でした。社員の高齢化、設備の老朽化、新たな業務開発など、目の前には課題が山積みです。何より、顧客との関係を構築しなければなりません。さまざまな人の力を借りて懸命に取り組み、設備投資と環境改善、外国人人材の採用など、できることを矢継ぎ早に進めていきました。

ものづくりは、製造業であれ建築業であれ、関わる人の「人格」が反映されるものだと思っています。夏の暑さがきついときにも、冬の寒さが厳しいときにも、製品に魂を打ち込んでカタチにしていく社員の仕事ぶりを見て、社会基盤の部品製造という業務内容は誇れるものだと感じました。それならば、中小零細の町工場のコンプレックスを逆にプライドに変えていこうと考えたのです。

そのひとつの試みが「溶接のワークショップ」です。お客さまとのご縁から発案し、なかなか世間の目にはふれない溶接仕事を、例えば、主婦の方や他業種の会社員の方にも知ってもらう機会として開催しました。そこでは、弊社の職人たちが参加者の皆さんから「先生！」と呼ばれ、手ほどきをしている。言葉にできない嬉しい光景を目にすることができました。

また、最近では西成区地域の広報誌の編集に携わる機会をいただき、当社の外国人スタッフが進めています。ベトナム、ミャンマーから来た彼らが編集作業を行っていることに喜びを感じると同時に、弊社を外国人も活躍できる会社にさせていくこと、そのような社会にしていかなければならないとも思っています。日本で培ったものを、近い将来、彼らが母国で発展させてくれることが切なる願いです。そして、ゆくゆくは東南アジア、アフリカ地域も視野に展開できるよう、次世代を見据えた多様性のあるものづくり、人づくりへと取り組みを進めております。

西成区は、おもしろい人、店、企業などが凝縮された地域です。二〇二五年の大阪・関西万博を筆頭に、ＩＲ（統合型リゾート）やＪＲなにわ筋線など、今後もダイナミックに動いていく街であるとも思っています。その変化を、日本国内はもちろん、海外から来た人たちが、実際にここに住み、暮らしてみておもしろいと思える「街づくり・人づくり」も私たちの責務だと捉えております。

外国人従業員の採用、国外への展開など、こうして海外にも視野を向けているのは、経済の流れを見ているからというより、幼少期からの父の教えである「ワールドワイズマンになれ」という言葉が背景にあります。父が自身の話を綴った本書のあとがきでもあり、この流れで、私の父の印象や思い出話をさせていただきます。

とにかく仕事に厳しく、頑固。それでいて、愛情深く、圧倒的な行動力がある人。また、そんな父をずっと支えている母もやはり「すごい人」だと常々思っていました。

長きにわたって父の歴代の愛車は、クラウン。新しいモデルが出る度に乗り換えていました。私が小学生の頃、休みになると早朝から家族全員がクラウンに乗せられ、夏は鳥取まで海水浴、冬は岐阜や長野にスキーへ。現地まで高速道路が繋がっていなかった時代に、日帰りで行ったことをよく覚えています。今思えば、家族サービスも父らしく、仕事並の強行ぶりでした。

小学生のときに、夢は「プロ野球選手」「大会社の社長」と書いていたと記憶しています。当時、父の仕事を、エンジンの部品をつくっているという程度にしか理解していませんでしたが、子どもなりに、油の世界とは距離をおこうと思っていたのでしょう。とはいえ、「プロ」「社長」を意識しているあたり、父の影響を受けているのは否めません。幼い頃から父に、「人の前に立つ」ということを叩き込まれてきた気がします。誰かがやっているからではなく先頭に立て、と。具体的な言葉で言われたわけではないですが、無意識の領域にもこのような教えが刷り込まれていたように思います。

両親、姉、私、弟の五人家族の当家では、食卓を囲みながら、一般的なテレビなどの話をするのではなく、日経新聞と他の新聞の読み比べをさせられるのが日常でした。車で出かけても何かの詩を暗記させられたりしました。強制的ともとれるこういったことは、何かと知的好奇心の強い父が習慣づけてくれた日々のトレーニング。そのお陰で、今、少しは俯瞰的に経済を見ることができてきているのだと思います。

記憶力に優れ、博識、自分の世界観を持ち、とことん弁が立つ。敵にまわすと本当に厄介な人。それが、我が父。私も多少はその遺伝子を引き継いでいるのだろうか、と自問するときがあります。多感な時期を、多少わんぱくながらも大きく道をはずすことなく歩むことができたのは、両親の愛情のもと、一本筋の通った父の生き様をわからないなりに見てきたからだろうとも思っています。

私自身、中学、高校、大学とほぼスポーツに打ち込む日々でした。そんな中で身を持って感じたのは、自分と仲の良い人、大切な人を共有し、おもしろいことはひとりでするよりみんなで一緒にする方が圧倒的なエネルギーを出せるということです。

平成一二年の就職氷河期の最中、ご縁を得て、大手ゼネコンの竹中工務店に入社。大学卒業までスポーツ漬けで、脳の半分は筋肉状態の私は、技術的にも知識的にもまったくの未熟者でした。そのような私に、設備設計、施工、不動産、開発営業、ＦＭ営業、施工管理など、退職するまでの約一四年の間に、厳しくも、本当に多くの業務を経験させてくださいました。ビジネスマンとしての基礎を叩き込んでもらったことを心から感謝しています。強固な基礎があるから、今もこれからも、何でもできる。「恩は遠くから返せ」との言葉がある通り、さらに当社を成長させ、世にインパクトを与える企業となり、育ての恩を返していきたいと思います。

家業を継ぐため当社に入りながらも、経営者として右も左もわかっていない状態だったことから、私は、大阪青年会議所（大阪ＪＣ）の活動に参加しました。現在の会社経営に大きく関わっているので、少しふれさせていただきます。

国内の多くの会社が、当社のような家族経営なのではと思います。先代の事業を次世代が受け継ぎ、発展させていく中で、それぞれの社会背景が異なることから、折り合いをつけるには難しい局面に遭遇します。先代や創業者から見れば、それまで創ってきた道があり、それに基づく鉄則もある。引き継ぐ者からすれば、自分なりにもっと伸ばしていきたい、自分で仕事を生み出していきたいという想いがあります。

私自身の経験談にはなりますが、私は、他社で経験を積み、一定の高いスキルを身につけて戻り、家業を引き継ぎました。しかし、それだけでは歯が立たないと感じました。結局は自身が変わり、器を大きくしなければ、会社は変わらないことにも気づきました。

「やっているときはどんな意味があるかはわからずとも、期間限定でとりあえず走れるだけ走ってみよう」と思い、四〇歳までの二年間、大阪青年会議所の活動に深く関わらせていただきました。そこで、自身が勝手に決めていた「リミッター」「器」をぶち壊してもらいました。さまざまな負荷をいただいた中で、「人」としてのトレーニングを積み、自分以外の誰かのために動くことを自身で強いる。そうするといつしか、関わるすべての人の喜びが自分の喜びだと感じることができたのです。

両親はじめ家族は、当初、ＪＣ活動に没頭する私を理解できなかったと思います。それは肌で感じてもいました。ただ、ＪＣでの貴重な経験のお陰で、多くの人と出会い、交流し、関係を築くことができ、事業の活動範囲を広げるきっかけにもなりました。本当に不思議な組織だと思います。「失敗も成功もすべて成果」という教訓を得ることができました。個々に成果は異なるとはいえ、一年間、どっぷり活動に携わって良かったということを実感しています。先頭に立って想いを伝播させていくと、同じ想いを持った人たちが集まってくれるということも経験することができました。

祖父から父、私へと渡されたバトン。家業を引き継いだ私の代での会社組織も徐々に整いつつあります。受け取ったバトンは「想い」であり、バトンランナーとして力強く次世代へ渡していくのが責務です。

私は父のようなエンジニアとしての腕があるわけではありません。ひとりのエンジニア、経営者の父が背中で教えてくれたのは、経営者としての心構えや想い、人としての在り方だと理解しています。

新型コロナウイルスが社会に及ぼした影響により、今後も経済、経営環境は激変していくのは明らかです。これをチャンスと捉えれば、やるべきこと、やれることは無数にあります。ひとりでできることはたかがしれています。

実は、私の想いに共感し、小学校からの幼なじみが人生をかけて当社に合流してくれました。彼は私が竹中を退職して家業を継ぐことを相談したとき、心配して反対してくれていました。社長として数年経営を進め、建築事業を本格的に展開するときにこれ以上ひとりでは無理だと思いヘルプを出したところ、二つ返事で来てくれました。自社の変革と企業体系を固めていくうえで、本当に頼もしく、心強い存在です。

循環型社会への貢献にも力を入れていかなければなりません。そこで必須なのは、「木の変態」です。鉄も木も、元をたどれば「土」に行きつきます。このこだわり、クセが強い「木の変態」の合流により、工事もさることながら、従来扱ってきた「鉄」に加えて「木」の製品を扱うことで、素材、産地の歴史、文化といったところまで日頃から意識するようになり、見え方が変わってきました。各地で受け継いでいた自然資産、技術、ヒト、文化の発展への取り組みにも関わっていきたいと考えています。

スマートホンさえあればほぼ何でも可能になり、SNSによる繋がりは、子どもたちにもインフラのひとつとなり、便利な世の中になりました。

令和二年の緊急事態宣言が発令される前の三月上旬、アフリカ大陸のナイジェリアを訪問しました。そこは、戦後直後の何もものがない状態の日本を見ているような光景でしたが、バラックの小屋に住みながらも、各家庭にスマートホンが二、三台あり、SNSを使いこなし、動画を見ていました。ハードのインフラが未熟でも同じような情報を得ており、貧しさから抜け出すために必死で学び、働く人たちもいたように思います。

また、その数カ月前には、中国の杭州へアリババ本社の視察に行きました。杭州では河川を含めて二、三年で一〇兆円のインフラ投資を行いながら、シリコンバレーから戻ってきた優秀な若者が、夢を追いかけて二四時間仕事をしていました。猛烈な勢いで成長している様を目の当たりにしたのです。この先、ますます中国が存在感を放ち、その人口と経済力で及ぼす影響の大きさは予想を遙かに超えるでしょう。そして、東南アジア、インド、アフリカは高齢化が進む我が国を横目に大きく経済成長しており、単純な経済の規模では子ども達の時代では勝てないでしょう。

アフターコロナにおいては、ＡＩやロボットではできない「人としての豊かさ」が重視されるでしょう。四季があり、豊かな文化、歴史、自然がある我が国において、より地域での独自の価値の共創も重要になります。

二〇二五年、大阪・関西万博の開催が予定されているこの年、当社は一〇〇周年を迎えます。一〇〇年を力強く駆け抜け、次の一〇〇年も残っていける会社にするには、本書を通じて先代の想いを受け止め、そして、バトンランナーとして次代にしっかりと繋いでいきたいと思います。

戦争を乗り越え、驚異的なスピードで復興させてきた先達のように、コロナを乗り越え、私たち自身がこれからの価値の源泉となるべく、常に自らを磨く。「変わらないために変わり続ける」よう、かけがえのない時間を、かけがえのない仲間たちと大切な家族のため、人生のために、日々全力で取り組む所存です。
最後までお読みいただきありがとうございました。

令和三年九月

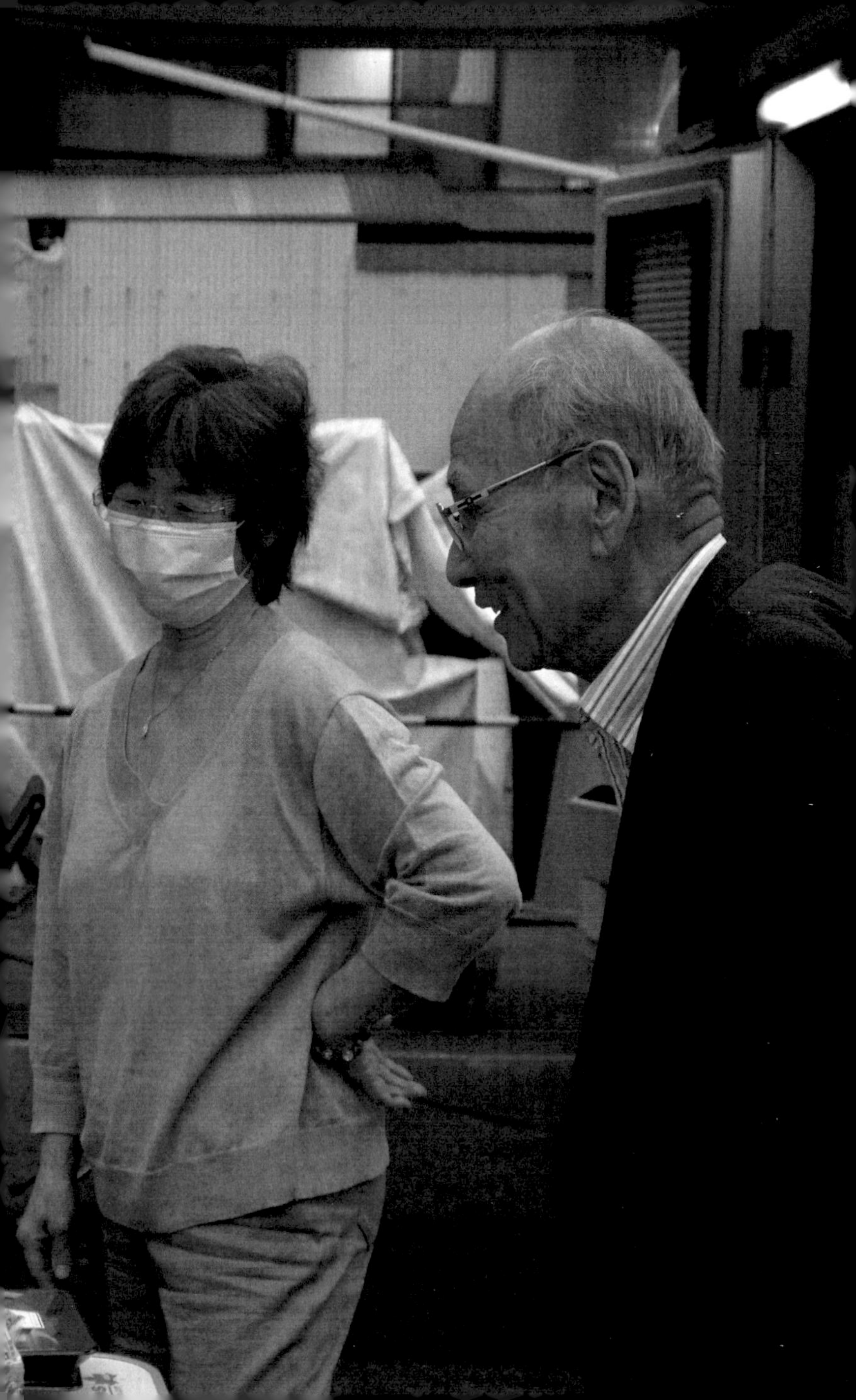

ひとりのエンジニアの伝記

エニシング・ゴーズ

2021年9月28日　初版第1刷発行

著　　者　若松 冨三

企　　画　三恵工業株式会社
編　　集　関谷 昌子（株式会社 Big Hug）
編集協力　たたみえつこ（エヴォーグ）
装丁デザイン　泉屋 宏樹（iD.）
表紙イラスト　北村 志保
発 行 者　関谷 一雄
発 行 所　ＩＡＰ出版
〒531-0074 大阪市北区本庄東2丁目13番21号
TEL：06-6485-2406　FAX：06-6371-2303
印 刷 所　有限会社 扶桑印刷社

ISBN978 - 4 - 908863 - 09 - 7